Para Liz Johnson,
con mucho cariño.
T. M.

Para Harry,
que se ríe de todo.
S. W.

BLUME

Título original:
Sir Laughalot

Traducción:
Carolina Bastida Serra

**Coordinación de la edición
en lengua española:**
Cristina Rodríguez Fischer

Primera edición en lengua española 2010

© 2010 Art Blume, S.L.
Av. Mare de Déu de Lorda, 20
08034 Barcelona
Tel. 93 205 40 00 Fax 93 205 14 41
E-mail: info@blume.net

© 2010 Orchard Books, Londres
© 2010 del texto Tony Mitton
© 2010 de las ilustraciones
   Sarah Warburton

ISBN: 978-84-9801-491-4

Impreso en China

Don Tronchante

Tony Mitton
Sarah Warburton

BLUME

Don Tronchante es un caballero andante con ganas de llevarse a los malos por delante.

Tiene un **escudo**.

Tiene una **espada**.

Pero no se divierte con...

nada.

¿Adónde puede ir?

¿Qué puede hacer?

Necesita un enemigo al que vencer.

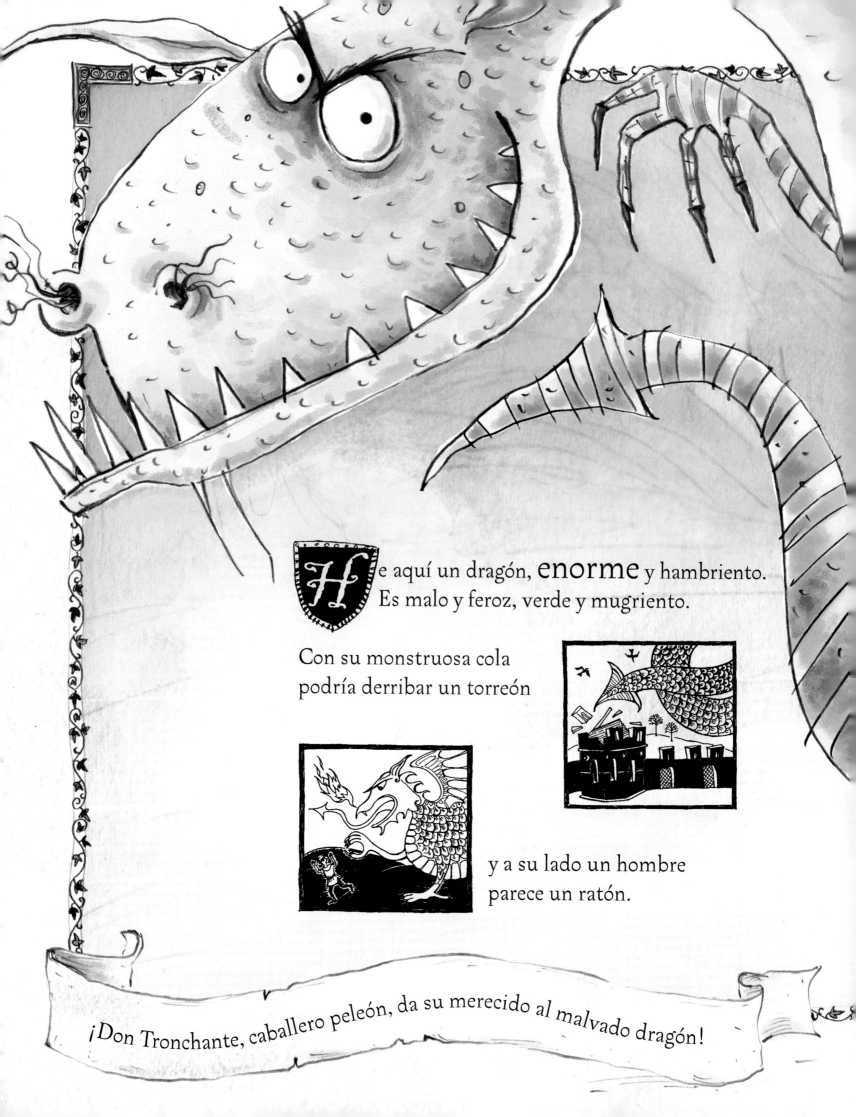

He aquí un dragón, enorme y hambriento.
Es malo y feroz, verde y mugriento.

Con su monstruosa cola
podría derribar un torreón

y a su lado un hombre
parece un ratón.

¡Don Tronchante, caballero peleón, da su merecido al malvado dragón!

on Tronchante llega corriendo al lugar,
y mira al dragón; lo quiere asustar.

Pero empieza a temblar:

— ¡¿Qué?!

¿Es posible que miedo le dé?

Tronchante parece nervioso.
Hasta creo que tiene
los ojos llorosos...

Tira su espada
y ya no se puede aguantar:

— ¡Je, je!
—se ríe—.
¡Jo, jo!
¡Ja, ja!

Don Tronchante, esto no es de caballeros. ¡Ríete después, pero lucha primero!

—Pero, ¡miradlo! —dice él—.
¡Mirad aquí!
¿No veis los pelos de su nariz?
Son negros, largos y retorcidos.
¡Nunca he visto algo tan divertido!

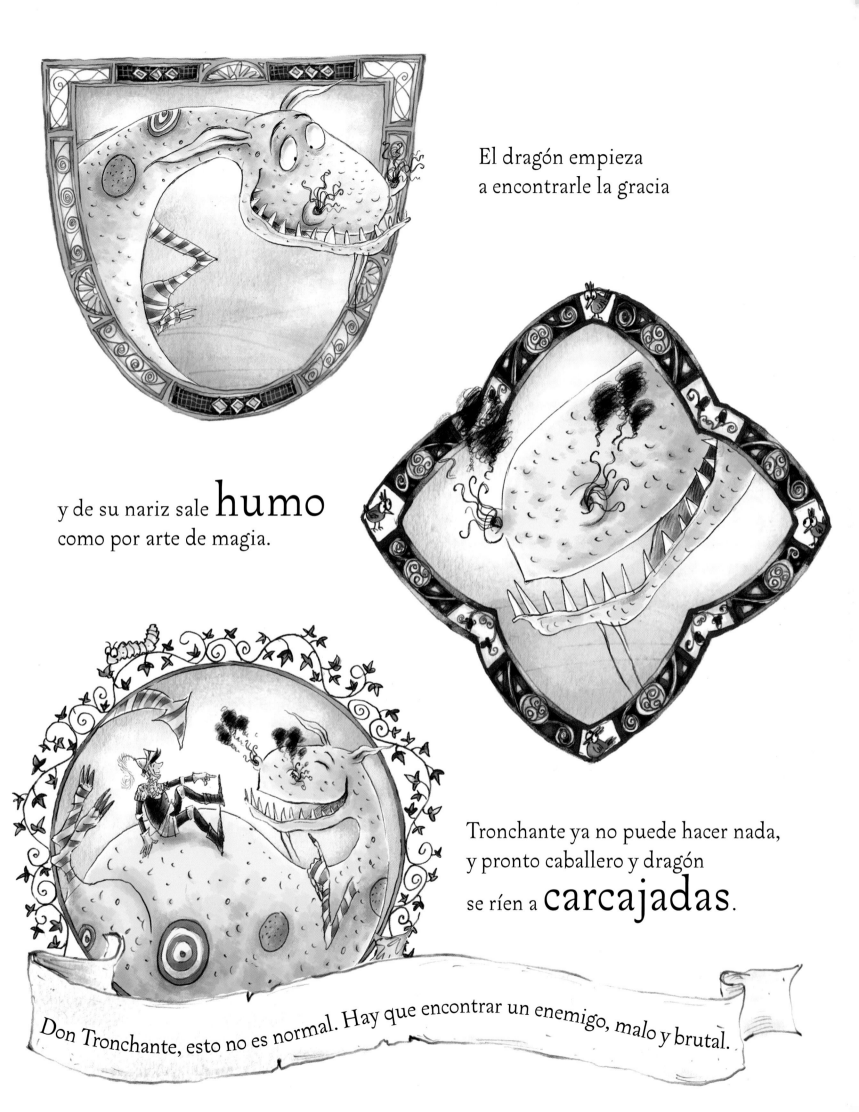

El dragón empieza
a encontrarle la gracia

y de su nariz sale humo
como por arte de magia.

Tronchante ya no puede hacer nada,
y pronto caballero y dragón
se ríen a carcajadas.

Don Tronchante, esto no es normal. Hay que encontrar un enemigo, malo y brutal.

quí tenemos a un gigante.
Su cabeza es tan grande como la de un elefante.

Sus enormes botas

¡Potom!
¡Patam!

pisan con la fuerza de un huracán.

Don Tronchante, caballero andante, ¡debes enfrentarte al terrible gigante!

Don Tronchante pone mala cara
y observa al gigante con su peor mirada.

Levanta la espada
para empezar...

¡Pero luego la t i r a!

¡Ja! ¡Ja! ¡Ja!

Don Tronchante, esto no puede ser. ¡Los gigantes dan miedo, no hacen reír!

ero don Tronchante dice:

—¡Mirad su sombrero!

Parece un embudo... ¡o un florero!

El gigante, que lo ha oído,
se quita el sombrero
y lo mira confundido.
La pluma le cosquillea la
nariz y le pica, le pica, hasta
que... ¡ACHIIÍSSS!

Ya estamos otra vez:
tal gracia les hace el sombrero
que se ríen y se ríen y hasta
se caen al suelo.

Y en vez de levantarse y luchar,
se revuelcan y se **tronchan**
y patalean sin parar.

¡Oh, valiente caballero, deja ya de reírte por un simple sombrero!
Otro enemigo debemos buscar, ya sea en la tierra, en el cielo o en el mar.

¡Ajá!, una doncella prisionera
que ha caído en las garras de una hechicera.

¡Ah! Tronchante, ahora no podrás decir
que este problema sea para reír.

La malvada hechicera viste de **negro**
y su nariz es larga como el pico de un cuervo.

Tiene uñas como zarpas en sus manos de bruja
y en su hombro se mece una oscura **lechuza**.

La doncella en una torre está encerrada
y la oímos llorar: está desesperada.

Un momento...

Parecerá una tontería, pero... ¿está llorando?

¡No! ¡Se ríe con **alegría**!

Y es que no le parece normal ver a un hombre con un traje de metal.

Don Tronchante también se echa a reír y la saluda:

—¡Hola! ¡Estoy aquí!

*L*a bruja grita:

—¡Sí!

¡Llévatela lejos de mí!

Aunque aquí cosas graciosas hay pocas,
no para de reír.
¡Me está volviendo loca!

Llévatela y sálvame
de todos estos
«je, je, je».

¡Rápido! Con este
caballo, aunque es algo viejo,
os podréis ir muy, muy lejos.

No se lo piensan dos veces
y se marchan como un rayo,
Tronchante, la doncella
y el viejo caballo.

Y llegan así al palacio
de la risa, donde pasan
a cada instante cosas
graciosas y desternillantes.

Se ríen de esto y
de lo de más allá
y pronto se empiezan
a enamorar.

Dice Tronchante:
—Querida, ¿quién necesita
escudos y espadas si contigo
me río a carcajadas?
Riámonos siempre,
de noche y de día, de los
problemas y de las alegrías.

Deciden casarse al llegar la primavera.
Invitan a todo el mundo... ¡Incluso a la hechicera!

pronto tienen dos pequeños
que llenan sus vidas de risas y sueños.

Y así viven siempre, felices y sin prisa; con mucho amor ¡y con mucha risa!